ie

24024

24024

LA MORT DE SAPOR

SUIVIE

DE LA GÉNÉSIADE,

ET

DE LA DESTRUCTION

DE L'OLYMPE,

POËMES.

PAR M. HALY.

A PARIS,

Chez le NORMANT, imprimeur-libraire, rue des prêtres
Saint-Germain-l'Auxerrois, N°. 2.
Et chez les marchands de nouveautés.

LE 71 D'AUTOMNE 1805.

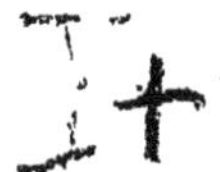

LA MORT
DE SAPOR,
JEUNE MAMELUCK.

LE Nil a retenti de l'affreux cri de guerre ;
Le Français a paru. Sapor, à l'ame altière,
Goûtoit du tendre hymen les premières faveurs,
L'amour et les plaisirs le couronnoient de fleurs :
Mais le repos l'indigne, il brigue les dangers.
« Eh ! quoi ! Sapor, dit-il, de tes jours passagers
Laisseras-tu sans gloire éteindre le flambeau ?
Non, non, sous tes lauriers qu'on cherche ton tombeau. »

Note. Ce petit poëme est versifié sans attention aux masculins et féminins. Marot, qui sera toujours le délice des gens de goût, justifie cette licence. Si cette autorité est méconnue, me voici appuyé d'argumens très-forts. Ou la distinction des vers en masculins et féminins est purement oculaire, et pour lors elle n'est qu'un soin ridicule, une petitesse indigne du poète, ou les féminins ont une syllabe de plus, et l'harmonie est blessée de la succession bizarre du nombre sept-au nombre six, du nombre treize au nombre douze, et l'oreille ennuyée, fatiguée par la monotonie d'une seconde rime toujours la même, produite par la prononciation *eu* de l'*e* muet aux rimes de consonnes finales. Mais accordons que les vers féminins ont une syllabe de plus, et je prouve l'art et la langue également attaqués. 1°. S'ils ont une syllabe de plus, ils sont faux lorsqu'il y a élision de la treizième syllabe, comme dans ces exemples :

>   Que Pharnace m'offense, il offre à ma colère
>   Un rival, etc.
>   . . . . Et vous en laissez vivre,
>   Un . . . etc.

2°. Comme la prononciation des *e* muets n'est réellement que pour écarter deux consonnes dont la rencontre seroit dure, et comme ils se font plutôt sentir par le temps syllabique qu'ils observent, qu'ils ne se

(4

Il dit : et saisissant sa redoutable épée,
Il fuit, aux champs de Mars, son amante trompée
Qui le suit tout en pleurs, les cheveux tout épars.
« Ah ! Sapor, lui dit-elle, ah ! cruel fils de Mars,
Tu me veux donc laisser dans tes palais déserts
En proie à la douleur, seule dans l'univers.
Hélas ! à quels dangers t'entraîne ton courage !
Fuis la mort qui t'attend sur ce triste rivage ;
Crains, Sapor, cher amant, cette race indomptée. »
Mais Sapor n'entend plus son amante attristée.
Vers le camp d'Ibrahim il marche plein d'ardeur.
Ibrahim avec lui se croit déjà vainqueur.

---

font entendre, on peut affirmer que leur prononciation est inutile à une pause, et qu'elle y est impossible. En effet, ce n'est plus eux qu'on y prononce, quand on leur y veut donner valeur syllabique. C'est la voyelle *eu* seulement affoiblie, ce qui fait dire en mauvais français gloireu pour gloire. Notre illustre Racine a beaucoup mieux fait, sans peut-être s'en douter, dans les exemples suivans ; car on peut croire qu'il s'imaginoit y avoir élidé cette fausse voyelle, dont la prononciation rendroit son vers faux.

T I T U S.

Que l'on me laisse.

P A U L I N, à part.

O ciel ! . . . .

. . . .

Voyons la reine.

T I T U S, seul.

Hé bien, Titus, etc. (Hé s'aspire.)

Il y auroit trop de mauvaise foi à soutenir l'élision par une voyelle prononcée par une autre bouche, à part, ou seul dans une autre scène. Ce n'est donc pas légérement que je m'en suis tenu dans ce petit poëme à la versification par distique. Si je revenois à celle par quatrain, je préférerois la distinction des rimes en longues et en brèves, ou celle en voyelles finales et en voyelles.initiales. Au moins seroit-elle auriculaire ; elle auroit encore un avantage, celui d'empêcher la suite de quatre vers sur la même rime, faute très-commune, même dans nos meilleurs poètes.

Tous deux, le front orné des plus nobles lauriers,
Ont montré leur valeur dans les mêmes dangers.
Cent fois ces deux héros dans l'ardente Lybie
Des tigres, des lions ont dompté la furie.
L'Arabe vagabond a fui dans ses déserts,
La mort qu'ils lui portoient, ou l'outrage des fers.
L'ardeur qui les transporte anime le soldat ;
Il demande à grands cris qu'on le mène au combat.
Ibrahim à Sapor adresse ce discours :
« O Sapor ! il faut vaincre ou mourir en ce jour.
Terrible est le Français dans le jour des batailles.
O honte ! il m'a forcé de fuir sous nos murailles ;
Mais je veux aujourd'hui dans leur camp affronter
Ces vils Européens qui pensent tout dompter.
Nous combattrons, Sapor ; nous frapperons ensemble.
Marchons ; c'est trop tarder, que l'infidèle tremble !
Leurs veuves pleureront leur mort prématurée,
Qui, par leurs orphelins, ne sera point vengée. »
Il dit : le fier Sapor lui répond en ces mots :
« Aujourd'hui le Français combattra des héros.
Tout terrible qu'il est, la mort ou l'esclavage
Dans cet horrible jour deviendra son partage.
Je veux livrer aux vents ses dépouilles sanglantes,
A mes chiens, aux vautours ses entrailles fumantes,
Ou qu'il marche accablé sous de pesans fardeaux.
Tes soldats, Ibrahim, s'indignent du repos ;
Conduis-les au combat, et termine la guerre. »
Il dit : et le cœur plein des succès qu'il espère,
Il vole et fait marcher son enseigne fatale.

CEPENDANT les Français, pleins d'une ardeur égale,
Marchent en conquérans aux remparts d'Alexandre.
Tout cède à ces vainqueurs, tout fuit ou vient se rendre.

Ils foulent à leurs pieds ces campagnes fécondes
Que le Nil , tous les ans , engloutit sous ses ondes ;
Ils admirent de loin ces hautes pyramides
Qu'éleva l'Egyptien à ses rois homicides.
Mais tout-à-coup Sapor et sa troupe avancée,
De ces vains monumens détournent leur pensée.
D'un œil fier et tranquille ils contemplent ce champ
Où dans ce jour fatal doit couler tant de sang.
Napoléon commande à cette illustre armée ,
Avide de périls , et de gloire affamée ;
Il voit de tous côtés l'ennemi qui s'avance ,
Sur un coursier superbe à l'instant il s'élance.
« Compagnons , il s'écrie , on nous ose affronter !
Aux vainqueurs de l'Europe on prétend résister !
Le cruel Africain de fers veut nous couvrir....
Marchons; l'honneur nous parle, il faut vaincre ou mourir.»
Il dit : et des combats le signal est donné.
Aux bords même du Nil la trompette a sonné.
L'air au loin retentit de cris pleins de fureur ;
La terre entend gronder le foudre avec horreur ;
Le dieu du Nil s'étonne; il s'écrie , et sur l'onde
S'élève, s'attendant à la chute du monde.
Là s'avance Ibrahim ; ici combat Sapor :
Le guerrier en tombant donne au guerrier la mort.
Le sang coule en torrens. Le héros de la France ,
A travers les périls marche plein d'assurance.
Tout lui cède, tout fuit la terre ensanglantée.
Le carnage s'étend dans l'onde épouvantée.
Le Dieu frémit : « Héros ! dit-il, mortel terrible ,
Arrête; épargne un Dieu bienfaisant et paisible.
Arrête ! ah ! c'en est trop, quoi ! ton bras sacrilége
Egorge des mortels que mon onde protège ! »

Il dit ; et le héros : « Ah ! j'abhorre le sang,
Dieu du Nil, et mon bras à regret le répand.
Je pleure ma victoire, et la terre rougie
Est un affreux tableau pour mon ame attendrie.
Mais du fier Mameluck, prodigue à tous d'insultes,
Je venge l'Egyptien et tes rives incultes ;
J'affranchis de leur joug cette terre sacrée. »
— « Hé ! déjà dans les fers est ta propre contrée.
Ton absence enhardit des tyrans orgueilleux.
Retourne ; cette terre est maudite des Dieux.
Cléomène se venge, et tes efforts sont vains :
Mais l'Europe t'appelle à d'illustres destins. »
Ils dirent ; et le Dieu dans l'onde replongé,
Abandonne aux mortels son rivage outragé.

Ibrahim est vaincu. Loin des champs Egyptiens,
Aux sables du désert il entraîne les siens.
Pour de plus heureux temps il réserve son bras.
« Fuyons, pour leur livrer, dit-il, d'autres combats ;
Cher Sapor, sauvons-nous, cédons à la fortune ;
Avec vingt rois vaincus notre honte est commune.
Fuyons. » — « Va, fuis, répond l'intrépide Sapor,
Va trouver au désert une plus lente mort.
Fuyez, lâches, fuyez ; allez dire à vos femmes
Qu'ici combat Sapor, protecteur de vos flammes...
Mais toi, foible guerrier, à mes yeux inconnu,
Pourquoi veux-tu me suivre ?... Ibrahim est vaincu,
Et Sapor va périr. — Fuis ; ah ! cède au torrent. »
Le guerrier méprisé le regarde en pleurant.
Il veut défendre en vain cette tête chérie
Des coups dont la menace un vainqueur en furie.
Sapor frappé succombe, il nage dans son sang.
Une large blessure a déchiré son flanc.

Ses yeux se sont couverts des ombres du trépas.
Son amante éperdue outrage ses appas,
Presse contre son sein ce cadavre sanglant,
L'appelle des doux noms et d'époux et d'amant.
Le front pâle, abattue et toute échevelée,
Au corps de son époux elle semble collée.
Le soldat étonné sent expirer sa rage.
La pitié du vainqueur attendrit le courage.
Il élève un tombeau sur la plaine sanglante :
Là le héros repose auprès de son amante.

LA
GÉNÉSIADE.

CHANT PREMIER.

Muse, chante Satan échappé de l'abyme,
A son joug odieux asservissant la terre.

L'affreux Démon parut sur la voûte éthérée ;
Là, frappé du spectacle imposant et superbe
Offert à ses regards, il croit revoir le ciel ;
Il s'écrie : « O demeure et noble et fortunée,
En richesse, en beauté presqu'égale au ciel même,
Reçois dès ce moment Satan pour ton seul maître,
Ou du moins apprends-moi quel est ton habitant
Qui ose disputer ses trônes à l'enfer. »

Il dit, et d'un seul saut passe à l'astre du jour.
Il y trouve Uriel, séraphin de lumière ;

Note. Ce petit poëme, et celui qui le suit, sont écrits en vers blancs.
Ce genre manque à notre littérature, et ce seroit peut-être une grande
faute de décourager ceux qui chercheroient à l'y faire réussir. Notre
vers par lui-même est très-musical. Quel besoin a-t-il donc de la rime ?
Qu'on étudie l'effet d'un beau vers répété seul, et qu'on juge. Il est
d'ailleurs une erreur bien commune, que nos vers ne sont qu'un certain
nombre de syllabes. Ils se scandent, et l'on ne doit pas dire seulement
un vers de tant de syllabes ; mais encore un vers de tant de pieds de telle
combinaison. Les pieds sont d'une, de deux, de trois, de quatre et de
cinq syllabes ; les pieds seuls font ce qu'on appelle les petits vers ; mais
dans la haute poésie leurs différentes combinaisons, sur un nombre de
syllabes donné, font une foule de vers de la plus aimable variété, dont

Mais déjà d'un jeune ange il offre tous les traits,
Il aborde l'archange et trompe ses regards.
« Uriel, lui dit-il, ah ! je viens avec toi
Contempler, admirer ce magnifique ensemble ;
Qu'il est grand et puissant celui qui put former,
Et fixer dans les airs tant de globes immenses !
Mais quels êtres nouveaux habitent ces demeures ? »
« Aimable chérubin, lui répond Uriel,
Tu vois ce globe opaque, énorme et lourde masse,
Sur son axe incliné rouler autour de nous ;
C'est là qu'habitent l'homme et sa belle compagne :
Amis de Messia, l'un de l'autre charmés,
Dans le repos d'Eden ils coulent d'heureux jours.
Va connoître, admirer ces êtres merveilleux,

---

nous n'avons pas les noms. Nous n'avons donc pas qu'un seul vers alexandrin, dont la versification seroit toute monotone. Les vers de six, de sept, de huit, et le grand hémistiche sont de deux pieds : ainsi l'alexandrin est de quatre pieds ; exemples :

> On préfère — à mes vers — Crébillon — le barbare.
>
> Abiron — et Dathan — Doeg — Architophel,
>
> Les chiens — à qui son bras — a livré — Jésabel,
>
> Déjà — sont à ta porte — et demand — ent leur proie, etc.

Le petit hémistiche n'étant que d'un seul pied, rend le dissyllabe un peu monotone, et moins fort que l'alexandrin. Observons en dernier lieu que, quoique ce soit le même accent, l'accent scandateur qui marque les pieds, et la chute des hémistiches et des vers, c'est avec des inflexions si bien marquées qu'il n'y a qu'une oreille étrangère qui s'y puisse méprendre.

Pour ce qui est de mon autre témérité d'avoir osé refaire les deux épopées du trop fameux Milton, j'affirme que je n'ai eu l'intention que d'offrir au public, par une simple esquisse des mêmes sujets, mes observations critiques sur ces deux monstrueux poëmes. Je ne puis sur mon serment être jugé que comme un critique à la feuille.

Enfans de la poussière et rois de tant de mondes.
Mais, jeune chérubin, aimable enfant des cieux,
Dans ce superbe Eden s'élève le science,
Dont le fruit tout divin à l'être est consacré.
Si loin de tes amis, privé de leurs conseils,
Tremble de succomber, d'être foible un instant.
Quand tu verras cet arbre orné de fruits si beaux,
Rappelle-toi Satan et son horrible chute. »
Ainsi dit Uriel ; et le faux chérubin :
« Mon frère, ah ! quels excès a commis dans le ciel
Cet indigne Satan contre Dieu révolté !
Il porte maintenant la peine de ses crimes.
Abymé pour toujours, et perdu dans le gouffre,
Il ne se fait plus craindre et les cieux sont tranquilles.
Ah ! que son triste sort offre un terrible exemple !
Eh ! quel ange, en mépris des ordres de Dieu même,
Oseroit commo lui, plus orgueilleux encore,
Exposer sa vertu, son bonheur et son trône !

Il dit : et méditant la ruine de l'homme,
Il marche sur l'azur au trône qu'il habite ;
Il arrive, il s'arrête au sommet du Niphate ;
De ce mont qui s'élève et se perd dans les nues,
Il voit la terre entière et sous ses pieds l'Eden.
L'oreille entend au loin gronder la vaste mer,
Et les fils du Chaos, opprimés sous un mont,
S'ouvrir avec fracas un horrible passage.
Mais tout cet appareil, ce brisement des ondes,
Les feux roulant dans l'air ou dévorant le sol,
Ne l'ont point étonné, mais l'Eden l'a ravi.
Quelle magnificence ! Ah ! le ciel tout entier
Dans ce noble séjour est le trône de l'homme !
Il admire, et son œil toujours plus délecté

Sur des objets si beaux se reporte sans cesse ;
Mais de célestes sons enchantent ses oreilles.
Eve pince les fils d'une harpe divine,
Présent dont Dieu lui-même a daigné l'honorer.
Satan ému se tourne ; il voit Eve.... A ses pieds
Il voit son tendre époux qui l'écoute et l'admire :
Ses chants sont à Dieu seul cette fois consacrés.
Tout se tait, attentif à des accens si doux ;
La nature est ravie , et sa voix solitaire
Va répéter plus loin le chant harmonieux ;
Mais le cœur de Satan de colère se gonfle ;
Il s'agite , il s'écrie : « Ah ! qu'entends-je ? J'ai donc
Vaincu l'enfer, ses feux et ses monstres horribles ;
Vaincu le ciel lui-même en ses fureurs trompé,
Seulement pour entendre élever mon tyran ?
Ah ! je me vengerai d'eux et de lui. Qu'ils tombent !
Qu'ils habitent l'abyme et me cèdent leur trône ! »
Il dit , et réprimant le transport qui l'agite ,
Il descend du Niphate , et marche dans la plaine.

Eve au milieu d'Eden l'aperçoit la première ;
La harpe en résonnant échappe de ses mains.
« Adam, voilà, dit-elle , un habitant des cieux.
Ses cheveux relevés marquent un voyageur.
Levons-nous, nous devons aller à sa rencontre,
De l'hospitalité lui présenter les dons. »
Elle dit ; et tous deux vont au-devant de lui :
De plus de majesté brille le front d'Adam ;
Eve, avec plus de grace, accompagne ses pas.
L'un est fait pour le sceptre, et l'autre pour charmer.
Pleins d'un profond respect, ils l'abordent tous deux,
Ils révèrent en lui le ciel et se prosternent.
« Ange, lui dit Adam, le ciel est loin d'Eden ;

Cette longue carrière a dû te fatiguer ;
Viens, viens te reposer à l'ombre de ces mirtes,
Y goûter de nos fruits, et nous donner tes ordres. »
Il dit : Satan sourit à son hôte abusé.
« Oui, homme, lui dit-il, image du grand Etre,
Pour t'annoncer ta gloire et te voir, j'ai franchi
Sur les ailes de Dieu la vaste immensité ;
Je t'apporte du Ciel les suprêmes décrets :
Satisfait de ta foi si long-temps éprouvée,
Dieu t'abandonne enfin son science sublime.
Devenez ses égaux, lui-même vous l'ordonne,
Eve, Adam, ah ! venez goûter au fruit divin. »
Ainsi parla Satan ; l'homme abusé répond :
« Eh quoi ! comblés des dons de sa bonté divine,
Notre grand Créateur daigne encore exalter
Notre être jusqu'à lui, jusqu'au trône suprême !
Ah ! si par-là du moins nous pouvons reconnoître
Tant de soins, de bontés, lui prouver notre foi,
Chérubin, sur tes pas nous volons au science. »
Il dit : Satan triomphe, il marche, ils l'accompagnent ;
Mais le grand Uriel l'a déjà reconnu :
Il l'a vu sur le mont furieux s'agiter,
Il le voit maintenant au science funeste,
Entraîner Eve, Adam, déplorables victimes.
Il s'élance ; l'éclair sur la terre le porte.
A sa voix Gabriel accourt saisi d'horreur :
« O Gabriel ! dit-il, l'Eden est profané.
Satan !... Ah ! c'est lui-même, échappé de l'abyme...
Jamais plus grand péril ne nous peut menacer.
D'un jeune Chérubin il a pris tous les traits...
Moi-même il m'a trompé ; maintenant il abuse
Eve, Adam, sur ses pas au science entraînés...

Assemble ton armée et vole à leur secours...
Je remonte.à mon astre... Ah! si le fier Moloc
En ce même moment s'emparoit de mon trône!...
Gabriel! Gabriel! quel affreux avenir!... »
Il dit ; et tout tremblant il remonte à son astre.

GABRIEL s'est armé : ses anges à sa voix
Agitent dans les airs leurs larges cimeterres.
Déjà l'homme, déjà sa compagne ravie,
Portoient au fruit funeste une imprudente main.
L'horrible cliquetis vient frapper leurs oreilles :
Loin de l'arbre sacré, saisis, tremblans, ils fuient :
Telle fuit au désert la biche épouvantée,
Que le chasseur cruel avec rage poursuit.

SATAN voit s'avancer la redoutable armée ;
Contre tant d'ennemis son orgueil le soutient,
Et d'un œil intrépide il défie au combat.
Entouré, menacé, quoique seul et sans armes,
Sa contenance altière étonne encore les anges ;
Mais le grand Gabriel, terrible et l'œil en feu :
« Exécrable artisan d'impostures funestes,
Auteur de tant de maux, lui dit-il, ô Satan !
Que prétend dans ces lieux ta rage forcenée ?
Y viens-tu, téméraire, affronter Messia,
Affronter l'Eternel et ses foudres vengeurs ?
Ah ! malheureux, retourne habiter l'affreux gouffre,
Ou tremble que mes mains à ce roc ne t'attachent,
Et ne couvrent ton corps de honteuses blessures. »
Il dit : Satan frémit; il hésite, il voudroit,
Entre tant d'ennemis, aller frapper l'archange;
Mais en cédant, un jour il pourra revenir
Consommer notre perte et se venger enfin.

«O Gabriel ! dit-il, je cède; ma foiblesse
Fait ta force et te donne aujourd'hui la victoire.
Va, le ciel étonné t'écoutera conter
Que devant toi, Satan, seul, sans armes, a fui;
Mais bientôt dans ton sang je laverai ma honte. »
Il dit, et loin d'Eden fuit et va se cacher :
Tel un loup altéré du sang de nos troupeaux,
A l'aspect des chasseurs armés pour le détruire,
Fuit et médite encore, en fuyant, des carnages.

GABRIEL au grand Etre adresse ses prières :
Ses anges en silence autour de lui rangés,
Elèvent avec lui, vers Dieu, leurs cœurs émus.
« O PUISSANT JÉHOVA ! s'est écrié l'archange;
DIEU du vaste univers et des cieux élevés,
De ton trône suprême écoute tes enfans :
Ton ennemi perfide échappé de l'abyme,
Prétendoit entraîner l'homme dans sa révolte.
Forcés de fuir, bientôt, tout pleins de sa fureur,
Ses affreux bataillons nous tiendront assiégés.
DIEU PUISSANT ! soutiens-nous, donne-nous la victoire.»
Il dit, et fait camper ses guerriers intrépides.
Un ange en sentinelle, au sommet du Niphate,
Veille, l'œil inquiet, au salut de l'armée.
Gabriel marche ensuite à l'homme et le rassure.

CEPENDANT l'Eternel a vu l'homme abusé,
Au science funeste accompagner Satan :
Il s'émeut, il soupire. « Hélas! dit-il, le crime,
Une seconde fois, souillera-t-il nos œuvres?
Malheureux! qu'ai-je fait? Ah! maudit soit le jour
Où du néant désert je tirai toutes choses,
Et remplis pour toujours mon ame d'amertume!

O mon fils ! mon cher fils ! ta créature aimée,
Se va donc essayer enfin contre Satan ?
Du moins qu'on ne nous puisse accuser de sa chute !
Esprit ! va, parle à l'homme; ouvre ses yeux; qu'il tremble,
Qu'au bord du précipice il recule effrayé. »
Il dit : l'Esprit l'entend et descend de son trône.
Il laisse tout le Ciel inquiet, agité ;
Au sein de l'Eternel Messia se déplore,
Ils gémissent tous deux et confondent leurs larmes.

CHANT II.

Eve toujours tremblante, et ne sachant où fuir,
Au sein de son époux se cherchoit un refuge ;
Mais lui-même frappé d'une égale terreur,
Près du grand Gabriel frémit et tremble encore.
Tout-à-coup dans Eden est descendu l'Esprit ;
Ils sentent sa présence et leur cœur se rassure ;
Ils se lèvent ; tous deux marchent à sa rencontre ;
A ses pieds prosternés, en silence ils adorent.

Sublime messager des volontés suprêmes,
Enfin le Saint-Esprit, content de leur hommage :
« Eve, Adam, leur dit-il, pour vous seuls j'ai quitté
Les trônes de ma gloire et le parvis des cieux ;
L'abyme vous menace, et son prince perfide
Est entré dans Eden, plein de projets horribles.
Pour vous tromper le monstre à vos yeux a paru,

Sous

Sous la forme d'un ange envoyé par le ciel.
Abusés une fois, redoutez ses embûches.
A l'être il a ravi la moitié de ses anges ;
Ils croyoient s'élever, dans l'abyme ils tombèrent.
Ecoutez, écoutez ce terrible récit :

Près du trône suprême et le plus élevé,
Lucifer (c'est le nom que porte le perfide,
Ou Satan, pour nommer le crime et son auteur)
Commandoit dans le ciel à la moitié des anges ;
Mais l'orgüeil le perdit. Il voulut à Dieu même
S'égaler, et monter au trône de sa gloire :
Son infidelle main profane le science,
Il ne se connoît plus, et bientôt par son ordre
Ses foibles compagnons le viennent adorer.
Il les veut détacher à jamais du grand Être,
Comme lui du science il veut qu'ils se nourrissent.
Tous à cet ordre impie obéissent. Soudain
La fille du chaos, la détestable Até,
Qui n'aime que le crime et se plaît au désordre,
Monstre né dans le sein de l'infernale nuit,
Effroyable à la vue et Méduse abhorrée,
Mais d'un masque habillée et sous de beaux semblans,
Monte au ciel et s'allie aux superbes esprits ;
Elle vouloit aussi s'unir à Messia,
Le fils de l'Éternel, et votre créateur ;
Avec dédain chassée, elle implore Satan.
Irritée, elle veut qu'il venge son injure ;
L'impie et son armée embrassent sa querelle,
Ils marchent contre l'Etre et menacent son Christ.
Le ciel frémit d'horreur, et les anges fidèles,
Dans la plaine à l'instant, s'étendent et combattent.

B

Vous dépeindrai-je, hélas ! les efforts des partis
Et toutes les horreurs de ces combats célèbres ;
Le sang en longs torrens ruisselant dans la plaine,
La rage du vainqueur et les cris des blessés ?
Ah ! cet affreux spectacle est encor devant moi.
Là, Michel combattit l'orgueilleux Lucifer ;
De leur lutte ébranlé le ciel s'épouvanta,
Et craignit de rouler avec eux dans le gouffre.
Tous deux égaux en force, en adresse, en courage,
La terrible bataille eût à jamais duré ;
Mais l'Etre qu'elle outrage a rappelé ses anges.
Dans sa douleur profonde il s'est voilé le front,
Et le ciel est plongé dans d'épaisses ténèbres ;
Sa voix tonne ; Satan s'effraie et prend la fuite :
Il pouvoit l'abymer, abymer tous les siens ;
Mais il croyoit encor leur pouvoir pardonner.
Il m'appelle en secret, et me donne ses ordres.
« Va, me dit-il, ramène au devoir les rebelles,
Il m'en coûteroit trop s'il me falloit frapper. »

J'ALLAI, je les trouvai formant leurs bataillons,
Prêts à renouveler les crimes de la veille.

« SÉRAPHINS, m'écriai-je, audacieux esprits,
Ouvrez les yeux, tremblez, la vengeance s'apprête.
Venez vous prosterner aux pieds de Jéhova.
Osez-vous l'affronter et défier ses foudres ?
Vous lui résisteriez, vous ! enfans du néant !
Cessez de l'irriter, ingrats, il vous pardonne. »
Je dis : mais l'œil farouche, et toujours obstinés,
Ils refusent leur grace, et proclament la guerre.
Abdiel seul, touché de la bonté de l'Etre,

Se frappant la poitrine , et le front dans la poudre ;
Au pied du Saint des Saints se vint anéantir.

Tranquille , cependant , et ferme en apparence ,
Lucifer en lui-même est inquiet , troublé ;
Il avoit de plus près approché Jéhova ,
Il connoissoit sa force et commençoit à craindre.
A sa compagne indigne en secret il s'adresse :
« Fille du vieux chaos , lui dit-il , pour te plaire ,
Tu vois ce qu'entreprend ma téméraire audace ;
L'Eternel est terrible et je marche à ma perte :
Mais pour nous secourir , que ton père invincible
Amène dans ces lieux ses noires légions ,
Et bientôt le tyran gémira notre esclave.
De la moitié du ciel je paîrai ses services ,
Nous régnerons dans l'autre et je serai son gendre. »
Il dit : l'impure fille est déjà loin du ciel ;
Elle arrive aux confins des états de son père.
Le Chaos et la Nuit , sa compagne éternelle ,
La pressent sur leur sein et tendrement l'embrassent.
L'affreuse Nuit : « Ma fille , ah ! que ta longue absence
A tes tristes parens causa de maux cruels !
Privés de toi , Morphée a saisi nos paupières ,
Et nous avons subi l'affreux joug d'Iphialte ;
Mais ta présence chasse enfin nos ennemis. »
Elle dit : — « O Chaos ! ô Nuit ! s'écrie Até ,
Chers auteurs de mes jours , votre fille l'emporte :
Je règne dans les cieux ! Mes nombreuses armées
Bloquent le trône même où s'assied l'Eternel.
Lucifer les commande. O mon père terrible !
De ce puissant empire il t'offre la moitié ;
Je régnerai dans l'autre , et sur son trône en poudre
L'Eternel enchaîné gémira notre esclave.

B 2

Viens , viens , avec tes fils, assurer la victoire. »
Elle dit : et soudain le Chaos , à la tête,
D'une foule innombrable , à sa voix accourue ,
De longs fantômes noirs , de spectres, de furies,
Effroyables enfans de la nuit qui les couvre ,
Monte au ciel et se joint aux perfides rebelles.

Sous ses pas la matière embrasée et fumante,
Répandoit dans la plaine une triste clarté.
A la sombre lueur de ces flammes livides,
Nous vîmes s'avancer avec ses alliés
Ce monarque terrible et ses monstres hideux.
L'infernale Discorde accompagnoit ses pas ,
Et devant lui marchoit la Terreur au front pâle.
Repoussés à leur source , avec un bruit horrible ,
Les fleuves en torrens s'épanchoient dans le gouffre ;
Les monts déracinés se heurtoient dans les airs ;
Ecrasés sous ces monts, disparoissoient les anges.
L'abyme l'emportoit et le ciel n'étoit plus.
Satan marche lui-même au trône de la gloire ,
Il le couvre de feux et frappe l'Eternel.
Mais l'Eternel se lève : « Ah ! tremble , malheureux !
Dit-il ; à me venger tant d'horreurs me contraignent.
Messia , va, foudroie ; ordonne au grand abyme
De s'ouvrir sous leurs pas , et qu'il les engloutisse.
Qu'à ta voix le Chaos fuie , et sur ses ruines
Qu'un nouveau ciel s'élève et répare nos pertes. »
Il dit : et Messia plus auguste et terrible ,
Sur son char emporté , parcourt les champs des cieux.
Sous ses pas tout revient à sa forme première ,
L'onde rentre en son lit et le mont se replace.

CEPENDANT il foudroie et frappe les rebelles :

Sa fureur les accable. Ils tombent à ses pieds ;
Ils pressent ses genoux et l'implorent en vain.
L'heure de la vengeance étoit sonnée ; ils fuient ;
Le seul Satan, armé d'un large cimeterre,
A travers des éclairs, dans sa rage impuissante,
Ose encor s'avancer et l'appelle au combat.
Mais les triples carreaux renversent le superbe :
Le ciel s'ouvre ; armes, chars, tout est précipité ;
Sous des torrens de feux neuf jours entiers ils roulent ;
L'abyme les reçoit, et les cieux se referment.

AINSI vainquit le Christ en cette horrible guerre :
Il a sauvé le ciel, et sa fureur s'apaise.
Il parle, et le chaos n'est plus ; sur ses ruines
Ce nouvel univers, ce second ciel s'élève :
« O Adam ! il te crée et te donne les mondes ;
Mais ce même Satan, de l'abyme échappé,
Prétend te les ravir et te soumettre à lui.
Tu connois maintenant ses desseins et ses crimes ;
Il te reste à choisir, le ciel te laisse libre ;
Sois l'allié de l'Etre ou de son ennemi.
Roi du vaste univers, respecte le science ;
Rappelle-toi Satan et son horrible chute :
Cependant ne crains rien de son audace vaine ;
Ton Dieu veille ses pas, tout prêt à te défendre. »
Ainsi parla l'Esprit : Eve, Adam tout émus,
Dans l'erreur de leurs sens croyoient l'entendre encore.
Les désastres du ciel révélés par sa bouche,
D'une sainte terreur avoient rempli leur ame.
Leur penser étoit triste ; enfin Adam : « Seigneur,
Tu nous vois à tes pieds, agités, inquiets.
Hélas ! ce Lucifer, de tant d'horreurs coupable,
A donc souillé ces lieux et juré notre perte ?

Si tu trembles pour nous , ah ! nous devons tout craindre :
Cependant si je tombe , abyme , engloutis-moi ;
Périssent tout mon être et mon nom abhorré ! »
Eve aussi s'écria : « Monstre impie ! ô Satan !
Que je passe tes maux si jamais je succombe. »
Ils dirent : et l'esprit content de leur vertu ,
Va rassurer le Christ et son auguste père.

CHANT III.

Cependant, plein de rage et dévorant sa honte ,
Sous les sombres forêts , dans les roches profondes ,
Aux regards d'Uriel Satan se tient caché.
Pour ses desseins affreux le monstre attend la nuit ;
Et sitôt que son crêpe a voilé la nature
Dans Eden , comme une ombre , en silence il se glisse.

Sous un bosquet de myrte et sur des lits de fleurs ,
En un sommeil profond Eve , Adam sont plongés.
Leur haleine dans l'air exhale un doux parfum ,
Et leur front est paré d'innocence et de graces :
Tels de jeunes enfans que croit perdus leur mère ,
Dorment sur le gazon , théâtre de leurs jeux.

Satan, penché sur Eve , en son ame a formé
Un songe qui la flatte et trouble son orgueil.
Sur ses lèvres sa main presse le fruit fatal ,
Sa douceur la ravit , et son ame s'exalte.
Au trône de la gloire elle se croit assise ;
Elle voit à ses pieds les puissances du ciel

Mais, hélas ! elle oublie et la chute des anges,
Et les affreux projets du prince des ténèbres.

Ses sens sont dans le trouble ; elle s'éveille et marche.
L'infortunée encor se croit Dieu ! De son rêve
Elle est toute occupée, et ne se connoît plus.
Elle s'entend nommer Eve, reine des cieux !
C'est Satan qui l'appelle au science funeste.
Il a pris cette fois la forme du serpent ;
Aimable et doux reptile, avec grace alongé,
Qui de ses tours divers souvent la divertit.
A cette voix étrange, Eve reste étonnée ;
Un jour pareil au jour achève sa surprise.
L'ange même qui veille au sommet du Niphate,
Tout ébloui, tressaille et croit Dieu dans Eden.

« O belle Eve ! s'écrie encor le faux serpent,
Approche ; le hasard m'a conduit sur cet arbre,
J'ai goûté de son fruit, et soudain j'ai parlé.
Je comprends, je raisonne ; en tout semblable aux Dieux,
De gloire environné, je ne suis plus reptile.
Ma présence ici, seule, enfante la lumière !
O fruit délicieux !... O Eve, viens et goûte...
Il est digne de l'homme, il est digne de toi...
Si d'un simple reptile il a fait presqu'un dieu,
Jusqu'au trône suprême il vous doit exalter. »
Il dit : elle entendit. Le desir et l'orgueil
Se disputent son cœur et l'ont persuadée.

Cependant, dans le sein d'un pénible sommeil,
Par un songe cruel, Adam est torturé :
Il gémit, il s'agite ; entraîné dans l'abyme
Et tout chargé de fers, il se débat en vain.

Frappé d'horreur, le front de sueur dégouttant,
Il s'éveille en sursaut, et l'illusion cesse;
Mais toujours plus ému son cœur bat et palpite :
Il cherche Eve; elle étoit ici sur cette couche,
Il ne l'y revoit plus, il s'écrie : « Eve ! ô Eve !
Seul charme de mes jours, où t'es-tu retirée ?
Trois fois sa voix encor retentit dans Eden ;
Mais l'écho seul l'entend et répond à ses cris.
Il marche ; plein de trouble il arrive au science,
Il voit Eve ; à ses pieds il voit le faux serpent
Qui la flatte toujours de sa prochaine gloire :
Elle presse en ses bras son malheureux époux,
Elle veut qu'il soit Dieu, qu'il partage son trône.
En vain le faux serpent prête son témoignage ;
Adam, le triste Adam, pâle, désespéré,
S'arrache les cheveux, et d'un ton lamentable :
« O Eve ! cruelle Eve ! ... hélas ! tu t'es perdue,
Toi, tes filles, tes fils et l'époux de ton ame !
Oh ! quand Dieu m'offriroit une autre Eve plus belle,
Je ne pourrois encor me séparer de toi.
Je te suivrai partout, et jusque dans l'abyme. »
A ces mots, des mains d'Eve il arrache le fruit.
Sa main avec fureur le presse sur ses lèvres ;
Il ne sent pas les pleurs qui mouillent son visage.
Il frémit de son crime.... O soudain changement ! ...
De la douceur du fruit son ame est délectée,
Il recommence encore et ne se repent point.
Dans l'ivresse des sens, il s'écrie : « O serpent !
Sois à jamais l'ami, le compagnon de l'homme ;
Je m'unis à ta race et te jure alliance. »
Satan est transporté. Sous ses traits véritables,
Et le regard affreux, soudain il se relève :
Son front meurtri du foudre égale le Niphate ;

Il a fait un seul pas et foulé tout Eden.
D'un ton terrible : « Adam ! oui ! sois mon allié,
Dit-il, contre le ciel aide-moi dans mes guerres. »
Il dit, et disparoît, et son jour avec lui.
Eve, Adam restent seuls dans de noires ténèbres;
Accablés de remords et frappés de terreur,
La face contre terre, ils pleurent, ils gémissent.
La science fatale a dessillé leurs yeux,
Leur esprit agité pénètre l'avenir.
Ils entendent déjà leurs derniers fils se plaindre;
Nous passons devant eux comme des ombres vaines,
Par le souffle des vents aussitôt emportées,
De nos gémissemens attristant la nature.
A ce triste spectacle, ils outragent leur front,
S'arrachent les cheveux, se roulent dans la poudre,
Et l'Eden retentit de leurs cris lamentables.

Les anges de la terre, à des signes certains
Ont reconnu le crime, et remontent au ciel.

Cependant au palais de Pandémonïon,
Les démons inquiets tiennent un grand conseil.
Ils tremblent pour le chef qui, seul bravant les cieux,
Echappé de l'abyme, a conquis tant de mondes.
Moloc, le plus altier, et qui, malgré sa chute,
Se croit l'égal de Dieu, veut attaquer le ciel.
Tout Pandémonïon respire sa fureur.
Bélial seul s'oppose à son hardi dessein;
Le ciel ne perdit point de plus bel habitant,
Ni de soldat moins propre aux fureurs de la guerre.
Il s'écrie : «O Moloc! téméraire guerrier!
Des combats! voilà tout ce que ton cœur demande.
Quoi! à peine échappés à la fureur du foudre,

Tu nous veux remener affronter l'Eternel.
Renonce à ton dessein, cruel ! vois ces ruines.
Ah ! notre chef lui-même audacieux qu'il est,
L'inflexible Satan n'oseroit t'avouer.

Nous devons, dites-vous, marcher, rompre ses fers,
Si, surpris au désert, il est chargé de chaînes ;
Et s'il nous est rendu, nous nous devons toujours
Le ciel et la vengeance, et de ne point céder.
Erreur ! quoi ! nous devons, à nos maux insensibles,
Et combattre toujours, et toujours irriter
Celui qui d'un seul mot peut tout anéantir ?
Ah ! respectons ce Dieu terrible en sa colère,
Et renonçons enfin à cette horrible lutte. »
Il dit : Satan paroît, il a tout entendu ;
Le geste foudroyant, l'œil en feu : « Bélial !
Ange timide, fuis, la guerre recommence.
Fuis les foudres du Christ, ou plutôt mon courroux. »
Il dit : et Bélial, effrayé, dans les rangs
Fuit, et cache sa tête à la fureur du prince :
« Compagnons, a repris le monarque terrible,
Un nouvel univers, un ciel vous est offert.
Il vient de le créer, et je vous l'ai conquis.
Venez vous emparer de vos nouveaux domaines. »
Il dit : et tout l'Enfer accompagne ses pas.
Les gouffres sont déserts : tel un essaim d'abeilles
Se confie à sa reine, et vole sur sa trace ;
Ou tel un peuple altier, habitant des frimas,
Errant et malheureux dans ses vastes déserts,
Tout-à-coup apprenant que sous un ciel plus doux
Et Cérès et Bacchus prodiguent leurs trésors,
Marche plein d'alégresse à la terre promise,
Et la destruction marque partout ses pas.

Ainsi suivent le chef, les enfans des ténèbres;
Ils montent sur l'Ether; les astres en pâlissent:
A leur joug asservis, souillés de leur présence,
La terre désormais craint leur aspect funeste.
Enfin, Satan bâtit son Olympe superbe
Que l'heureux Jupiter bientôt lui ravira;
Là, s'assied le Démon sur un trône brillant.

CEPENDANT l'Eternel a vu succomber l'homme:
Il a tout vu; Satan revoler aux Enfers,
Et marcher après lui son exécrable armée.
Maintenant il le voit, plus que jamais superbe,
Enlever à son fils le sublime empirée.
Il le lui montre enfin; Messia se lamente,
Des esprits infernaux il voit l'homme entouré.
Soudain saisi d'horreur, il monte sur son char;
Sur ce char dont la vue épouvante tes princes,
O terre! qui gémis sous leur injuste loi.
Le char vole et paroît au plus haut de l'Ether;
Il roule sur l'azur et descend dans Eden.
Adam frémit; il tremble, il s'enfuit avec Eve.
Sous le figuier sauvage ils se cachent de Dieu:
Messia les appelle; à ses pieds ils se traînent,
Pâles, désespérés, la face contre terre,
Ils se veulent cacher et poussent des sanglots:
Dieu lui-même gémit, tant de pleurs l'attendrissent.

« EVE! Adam! leur dit-il, hélas! qu'avez-vous fait?
Ne vous avois-je point moi-même prévenus?
Vous vous êtes perdus et tous vos descendans!
Vos os et votre chair, animés de votre ame,
Ils seront comme vous, foibles et misérables.

Mais Adam ! .... ô Adam ! mon ame est toute émue....

Je ne puis me résoudre à tout perdre avec vous ;

Sur vous, sur vos enfans, je répandrai mes graces :

Espérez ; vous pouvez reconquérir le ciel,

Mériter mes faveurs et dans la mort renaître.

Oui ! mourez ; que la mort mette un terme à vos maux.

Mais combien de vos fils tourneront contre eux-mêmes

Cette grande faveur qui leur sera funeste !

Abusés par Satan, tout à leurs passions,

Des crimes les plus grands ils se feront un jeu.

De tant d'êtres, hélas ! qui brilloient dans le ciel,

Et dont la main hardie a souillé le science,

Un seul à l'Eternel, Abdiel, est resté.

Et quels combats encor déchirent tous ses sens ?

Ah ! comment pourrez-vous, vous, vos fils et vos filles,

A leur superbe orgueil résister chaque jour ?

O Adam ! s'il le faut, je viendrai t'assister ;

Un jour je viendrai même, en exemple à tes fils,

Revêtu de ta chair, m'offrir en sacrifice,

Et laver de mon sang la tache de ton crime. »

Il dit : mais dans la poudre, à ses pieds abymés,

Les malheureux époux se déplorent toujours.

De leurs gémissemens la terre retentit.

Dieu les relève enfin : « O Adam ! prend courage,

Dit-il d'un ton plus ferme, Eve ! relève-toi,

La terre passera, mais ma parole est stable :

Résistez au démon et sur-tout à vous-mêmes,

Et dans le Ciel, au bout d'une courte carrière,

La gloire et le bonheur près de moi vous attendent. »

Il dit : et le flambeau de la douce espérance

Vint briller du ciel même aux yeux des deux époux :

Ils reprennent courage et leurs larmes se sèchent.

« Seigneur ! s'écrie Adam, tu nous vois devant toi

Accablés de remords, honteux de tant de graces.
Hélas ! comment jamais reconnoître tes dons ? »
« Pratique la vertu , répartit le Seigneur,
Elle te rendra digne et du ciel et de moi. »
Il dit : et, remontant sur son char magnifique,
Au palais de son père , ô homme ! il retourna
Déplorer ta misère et gémir de tes crimes.

Fin de la Génésiade.

LA DESTRUCTION DE L'OLYMPE.

CHANT PREMIER.

LOIN des murs de Sion, errant dans le désert,
Le Seigneur méditoit son divin évangile;
Du trône de l'Olympe, avec inquiétude
Jupiter le contemple, et ne le peut connoître :
Par son ordre appelés, enfin les Dieux s'assemblent.
Le vieux Saturne même au conseil s'est rendu;
Mais debout, loin du dieu qui lui ravit son trône,
Tout plein de son injure, il garde le silence.

« Dieux sublimes ! s'écrie enfin le Dieu terrible
Sous qui tremble l'Olympe, et qui lance le foudre;
Les temps sont arrivés, prédits par la Sibylle,
Notre règne finit, et la terre l'emporte.
Un enfant de la poudre, un homme nous méprise !
Une femme pourtant en ses flancs l'a porté,
Et dans la solitude il cache sa misère;
Mais transportés de joie, au jour de sa naissance
La terre tressaillit, les astres s'inclinèrent,
Et, de son vaste orbite, une étoile arrachée
A sa pauvre cabane a dirigé des rois.
Dernièrement encore une voix inconnue,
Et dans tout l'univers, fit entendre ces mots :
« Saints ! réjouissez-vous, voilà mon bien-aimé
» Qui va vous rendre enfin votre ancien domaine!
» Accompagnez ses pas et contemplez sa gloire. »
Son visage, à ces mots, resplendit de lumière.

« Instruit par la Sibylle, et de tant de prodiges
Effrayé, j'ai tenté tout pour l'anéantir.
De ses destins prédits je fis trembler Hérode.
Pour détruire cet homme en vain s'arma la terre.
Nous-mêmes, il nous méprise, et le foible nous brave.
Depuis quarante jours qu'il marche dans ces sables,
Ma fureur le poursuit, et mon bras le foudroie ;
Vous le dirai-je enfin ?... Mes foudres le respectent !
Mes carreaux enflammés, prêts à frapper sa tête,
S'en détournent soudain et tombent loin de lui.
Oh ! quel est donc cet homme? et quel bras le protège?»
Il dit : et tous les Dieux, dans un morne silence,
Contemplent le Seigneur et sont saisis de crainte.
Mais Saturne en courroux, au maître du tonnerre :
« Lâche tyran ! dit-il, sous ton joug odieux,
Quand le ciel, le ciel seul nous devroit contenter,
Il nous faut donc trembler pour un trône de boue ?
Quel pacte t'a juré l'Eternel outragé?
Te devoit-il laisser en paix dans mon Olympe?
Ah ! pour briser ton sceptre il attendoit un juste ,
Prédit par la Sybille. Oui ! le voilà ce juste,
Et le ciel tout entier contre toi le protège.
Malheureux ! tu devois prévenir sa vengeance,
Assurer ton pouvoir, tout tenter et combattre
Avant que de céder à l'odieux tyran.
Ah ! ta foiblesse indigne a tout perdu : mais dis,
Que sont-ils devenus ces travaux avancés
Qui devoient m'assurer la conquête du ciel?
Je ne vois plus Babel dont les superbes murs
Alloient y transporter l'homme mon allié.
Il me devoit aider dans cette grande guerre;
Déjà sa tour montoit au-dessus de l'Olympe.
Gagné par toi, soudain il s'arme, il se révolte ,

Il me chasse du trône, et t'élève à ma place.
O trahison funeste ! ô traitement indigne !
Dans tes pièges tombé, tu me charges de chaînes,
Et je suis relégué dans le désert des Limbes.
Alors notre ennemi, sans rival qu'il pût craindre,
Vint contempler Babel ; et frappé de terreur,
Change le sens des mots, et livre à la discorde
Les hommes étonnés de ne s'entendre plus.
Ils cessent le travail et partout se dispersent.
Toi, depuis redoutant un sort pareil au mien,
Tu ruinas ces murs qu'appréhendoit le ciel.
Son odieux tyran maintenant te menace ;
Tes Limbes ou l'Enfer, tout est égal pour moi :
Périsse tout l'Olympe, et que je sois vengé !
Mais vous, dieux ! menacé d'une chute si grande,
Rendez le sceptre aux mains dignes de le porter,
Et des fureurs du ciel je saurai vous défendre. »
Il dit : mais Jupiter se lève, et d'une voix
Qui fait trembler l'Olympe et frémir tous les dieux :
« Insensé ! qu'as-tu dit ? qu'oses-tu proposer ?
Ne te souvient-il plus de ma force terrible ?
S'il ne t'en souvient plus, tout ici me connoît.
Mais quelle rage aveugle !... Insensés que nous sommes !
Quoi ! nous-nous disputons un empire à sa chute !
Saturne, il faut finir cette lutte honteuse ;
Règne, et sois mon égal. Un continent immense
T'offre à l'autre hémisphère un superbe empirée :
Ou je vais y régner et te céder mon trône ;
Mais il nous faut enfin anéantir cet homme
Qui m'ose résister, qui méprise mes foudres.
Dis, Saturne, peux-tu te promettre sa perte ? »
Il dit ; le grand Saturne : « Oui, puissant Jupiter,
Je te délivrerai du sujet de tes craintes ;

Mais jure sur le Styx de n'être point parjure ;
Et que tu m'aideras à conquérir le ciel. »
Il dit : L'affreux serment soudain est prononcé,
Et Satan sur la terre est déjà descendu :
Trois fois sa voix terrible a fait trembler le globe,
Et trois fois entendus, accourent à ses cris
Mille affreux compagnons de sa double infortune,
Mammone, Belzébut et le cruel Moloc ;
Ravis de le revoir, ils entourent le chef.
« Compagnons, leur dit-il, enfin je me revois
Les armes à la main, et je vous peux venger :
Un homme tout divin et que le ciel protége,
Epouvante l'Olympe et méprise ses foudres ;
En moi seul l'on espère, et l'on me rend mon sceptre;
Marchons, et quel qu'il soit, qu'il me jure alliance. »
Il dit, et marche au Christ qu'il ne peut reconnoître.

Le fils de l'Eternel gravissoit le Sina ;
Soudain la terre tremble et mugit sous ses pieds ;
Des flammes dans les airs de toutes parts s'élèvent,
Et le foudre à grands coups éclate sur sa tête :
Une nuit sans rayons tant d'horreurs accompagne.
Le calme enfin renaît, et la nuit se dissipe.
Au bruit d'un doux concert s'élèvent à ses yeux
De superbes jardins, un palais magnifique,
Les pompes de l'orgueil, et la cour d'un grand roi;
Le dieu de l'imposture environné de gloire,
Satan paroît lui-même au milieu du prestige.
Il aborde le Christ, et d'une voix perfide :
« O homme ! lui dit-il, adore l'Eternel.
Maître des élémens, à ma voix ces merveilles
Viennent de s'élever pour honorer le juste;
Mais cet affreux désert ne produit aucun fruit,

N'offre aucun aliment au soutien de la vie.
De l'hospitalité je dois t'offrir les dons. »
Il dit : et devant eux des tables sont dressées,
Mille invisibles mains de fruits couvrent ces tables ;
L'orange et l'ananas mêlent leur doux parfum
Au fumet exhalé des mets les plus exquis ;
Mais sur son ennemi le regard attaché,
De sa grandeur secrète accablant le superbe,
Le Christ ne s'asseoit point aux tables d'imposture.
Satan confus reprend : « O homme ! qui t'arrête ?
La fête est pour toi seul, et toutes ces merveilles,
Ce palais, ces jardins, je t'abandonne tout ;
Mais ce n'est point assez pour une si grande ame ;
Je te veux élever au comble de la gloire,
Et pour les rendre heureux, t'assujétir les peuples.
Deux empires puissans sous qui tremble la terre,
Le Parthe et le Romain autour de nous s'étendent.
Deux tyrans abhorrés gouvernent ces empires ;
Homme ! prosterne-toi, je te les abandonne. »
Il dit : « Satan ! reprend le fils de l'Eternel,
Tu ne peux fasciner l'œil pénétrant du juste.
Dans tes dons qu'il méprise il démêle tes pièges ;
La science, la force, et ces titres pompeux
De princes et de rois, ne font pas la grandeur ;
Toute dans la vertu, le juste seul est grand.
Insensé ! j'envierois tes biens imaginaires ! ....
Fuyez, disparoissez, fiers enfans des ténèbres,
Cessez de profaner cette montagne sainte. »
Il dit : tout disparoît. Sur l'auguste Sina,
Vainqueur de tout l'Enfer, le Seigneur reste seul.
Il se souvient toujours de ses saintes promesses ;
Par son ordre l'Esprit le transporte en Judée,
Et sa voix aux mortels révèle la vertu.

CHANT II.

Les démons dispersés sur la face du globe,
Après trois ans d'erreurs, cependant se rassemblent.
Le chef frémit de rage, et son œil étincelle;
Dût-il périr, il veut tenter de se venger.
Ses blasphêmes des siens raniment le courage;
Dans l'affreuse assemblée il s'agite, il s'écrie :
« Lâches ! un homme seul, d'un seul mot, a donc pu
Vous frapper de terreur, vous contraindre à la fuite,
Et trois ans vous tenir dispersés, éperdus?
Ah ! malheureux ! moi-même à son ordre j'ai fui !
Quel est donc, et d'où vient ce maître impérieux?
Est-il le fils de l'Etre? — Est-il plus grand encore?
Ah ! s'il est si puissant, qu'il nous anéantisse.
Non ! je ne saurois plus supporter tant de honte.
Une seconde fois nous nous mesurerons;
Qu'il éprouve ma rage à mes pieds abattu,
Et que le ciel nous craigne! ..... Il recherche les honneurs;
En hommes transformés, tâchons de le surprendre;
Si nous ne l'emportons, nous périssons; l'abyme
Une seconde fois devient notre partage. »
Il dit : l'air retentit de cris pleins de fureur;
Sur les pas de leur chef se pressent les démons;
Ils passent le Jourdain, et dans la Terre Sainte,
Qui frémit profanée, ils impriment leurs pas;
Là, de pièges cachés ils entourent le Christ.

Satan a pris les traits d'un dévot exalté,
Toujours en oraison, les yeux au ciel, le corps

Incliné vers la terre et se frappant le sein.
Sous cette forme, il s'offre aux regards du Grand-Prêtre :
« Caïphe ! lui dit-il, ah ! le temple est souillé,
Et l'indignation est dans Jérusalem.
Un homme (du saint jour profanateur hardi)
Ose attaquer ton culte, et blâme hautement
Les offrandes sans nombre et les longues prières.
O blasphême ! il prétend que la vertu fait tout,
Et la foule inconstante admire ses paroles ;
Viens, Caïphe, confondre et punir l'imposture. »
Il dit ; et le grand-prêtre : « O bon Phariséen !
Que j'aime ton ardeur à défendre le culte !
Mais cet homme inspiré par Lucifer lui-même,
Des docteurs de la loi confond tout le savoir,
Et le peuple, abusé, contre nous le protège.
Ah ! si dans sa retraite on pouvoit le surprendre?...»
« Nous le devons tenter, Caïphe ; avoue', Armore. »
« Va, saisis l'imposteur ; qu'au supplice on l'entraîne. »

A l'avare Judas s'adresse le démon ;
L'or brille dans ses mains et lui gagne son cœur.
Pour de l'or il consent à lui livrer son maître,
Et déjà sur ses pas marche toute une armée ;
Cependant le Seigneur connoît l'horrible pacte ;
Il frémit, mais tout l'homme à la mort est voué,
Et l'Enfer un instant doit triompher du ciel.
« Donnons encore, dit-il, un grand exemple au monde.
Et toi, tremble, Satan ! par tes fureurs hâtée,
L'heure de ma vengeance approche, et mes mystères
Vont enfin s'accomplir, prédits par mes prophètes. »
Il dit : et tout l'Enfer s'avance contre lui.
Les Saints saisis d'horreur sont descendus du ciel :
Ils entourent le Christ, à ses pieds prosternés ;

De leurs gémissemens la terre rètentit,
Ils se frappent le sein et se couvrent de poudre.
« Seigneur ! s'écrie Elie effrayé, tout en larmes,
Ah ! quel affreux spectacle à tes saints tu prépares !
Est-ce à toi d'expier les crimes de la terre ?
Quand nous, tes serviteurs, hélas ! et les coupables,
Nous vivons dans ta gloire élevés sur des trônes !
Laisse-nous en ton nom boire l'affreux calice. »
Il dit ; mais le Seigneur : « Elie ! il faut donner
A l'homme un grand exemple, et je le donnerai.
Il faut que j'accomplisse un mystère terrible !
Relevez-vous, mes Saints ! vos prières, vos larmes
Ne me peuvent changer et blessent ma vertu.
Le sacrifice est prêt, remontez vers mon père. »
Il dit : et d'affreux cris dans les airs retentissent.
Par Satan, dans sa rage entraînée et poussée,
Une foule effrénée à la porte se presse ;
Ils demandent Jésus, ils demandent sa mort.
Pierre entend le tumulte, il tremble pour son maître ;
Il s'arme d'une épée et vole à son secours.
Il vit encor les Saints remontant dans le ciel ;
Mais il ne fixe point ce spectacle brillant.
Le danger du Seigneur seul occupe son ame.
Le cimeterre au poing, et le front menaçant,
Il marche à l'ennemi, qui s'étonne et s'arrête ;
Mais le Christ indigné rappelle son apôtre.
« Pierre ! dit-il, arrête ; insensé ! crois-tu donc
Que le ciel ait besoin de l'appui de ton bras ?
Quiconque tirera l'épée au nom du ciel,
Désavoué du ciel, périra par l'épée. »
Il dit : Pierre obéit ; honteux de son erreur
Il jette son épée et revient à son maître.

Les mains du Dieu, des cieux, de chaînes sont chargées;
On le traîne à Caïphe, à Hérode, à Pilate,
La foule furieuse environne le juge :
Qu'il meure ! de ce cri retentissent les airs.
Le juge consterné porte l'arrêt fatal,
Lucifer le proclame, et Jésus va mourir.

Le fouet ensanglanté déchire tout son corps.
On verse le vinaigre et le fiel sur ses plaies.
Se soutenant à peine et couronné d'épines,
Du nom de roi des Juifs la foule le salue.
En cet état affreux on le traîne au supplice.
En face du soleil il est crucifié.
Ses disciples en pleurs, et le front dans la poudre,
Se déchirent le sein et détestent le jour.
Judas même, Judas se reconnoît et pleure;
Dévoré de remords il termine sa vie.
Cependant Lucifer s'approche de Jésus;
Il lui crache au visage, et presse avec fureur
Sur sa lèvre altérée une éponge de fiel.
Le Seigneur expirant lève les yeux sur lui,
Il reconnoît Satan : « C'en est assez, dit-il.
O mort ! prend ta victime, et que l'enfer triomphe. »
« Oui ! meurs, reprend le monstre, et connois en mourant
Que tu meurs de ma main, et que je suis vengé. »
Il dit : et d'une pique il lui perce le sein.
Sur sa lyre Apollon chante l'affreux exploit,
Et le grand Jupiter le voit d'un œil jaloux.
Mais Jésus n'est plus homme ; il marche dans la gloire,
Il renverse l'Olympe et brise ses remparts.
La terre entière tremble et le soleil pâlit.
Les morts même effrayés se lèvent des tombeaux,
Le regard effaré, hâves, défigurés,

On les vit s'avancer jusqu'au milieu des villes
Et Satan et les Dieux, tout est précipité.

Le mystère accompli, le fils de l'Eternel
Au milieu de Sion reparoît dans sa gloire ;
Il encourage encor l'homme à suivre ses voies,
Et monte préparer des trônes pour le juste.

Fin des deux Poëmes.

www.ingramcontent.com/pod-product-compliance
Ingram Content Group UK Ltd.
Pitfield, Milton Keynes, MK11 3LW, UK
UKHW021008120726
13693UKWH00004B/1855